詩集

# 透明なガラスの向こう

結城文

詩集　透明なガラスの向こう＊目次

Ⅲ

# 詩集　透明なガラスの向こう

## 序　詩を書くとは

詩を書くとは
川の向こう岸に
言葉の橋を渡して
とどこうとする願い
橋の向こうの
瑞々しい緑の草地へ

# I

# お濠の桜

しなやかに
濠水に向け傾斜する
薄紅《うすくれない》の花の枝
どの枝も　どの枝も
尖端まで
満開の桜花を
濠の水の面《みも》
すれすれにまでさしのべている
何故どの桜木も

水面にとどかんばかりに枝を伸ばすのだろう
まるで言い合せたように
それが決まりでもあるかのように——

コロナの春の桜は
花見の宴《うたげ》を禁じられているから
あたりはとても静か
人々は三々五々と濠に添って歩み
スマホをかざして花を撮る
ゆかりある人を撮る　グループを撮る
独りできて　黙々と花を撮る
自撮りをする
短い花の季《とき》を惜しみ
短い己の時間を惜しむ

去年　桜を観るのを断念した私も
今年は感染の終息しないままの
緊急事態宣言の解除に
今年の花に遇おうと人波に入る
ぼんやりとした不安を忘れ
去年と違う今年の花に遇うために
去年と違う今年の自分に遇うために

桜の花がひときわ美しく見えるのは
漆黒の枝に幹に花が照り映えるからなのか
西から刻々と近づいてくる低気圧――
多分明日は吹き荒らされるだろう桜の
今年最後の花の宴

濠に沿って並び立つ桜の
花の天蓋から
ゆるやかに濠に傾斜する枝から
漂いくる
薄紅の
あの花の片《ひら》　この花の片
静かな　静かな花の舞

来年の桜を
見ることができるという保証は
今ここを歩んでいるどの人にもなく
私にもなく
ただこの空間に立って
この束の間のしじま

花の命の美しさに酔い
花の命の短さを惜しみ
あてどなき自らの心の行方を思いつつ歩む

異次元の時空へと
彼方の時空へと人を誘《いざな》う花の片
なにとなく
そのとめどなさに身をゆだねつつ
ひたすらに舞う花びらの中
ただ歩を運ぶ

# 未来は近づいている
## ―― Future Is Coming ――

未来は近づいている
―― Future Is Coming ――
棘ばかりの山椒の枝の
薄黄色の芽のふくらみに
如月の光の中
暗闇坂の坂下の緋寒桜の花に

何かをいつも待っていたような冬

何かにいつも耐えていたような冬
いつの間にか
凍えた青の大空が
ふっとぬるんだ淡青になり
一面に靄がかかったような
薄雲のような
朧の空になった

今まで信じてきたものが
すべて崩壊したことを
幼い目で見て来たから
国破れてもあった自然に心をゆだねて生きてきた
己を託した
一塊《くれ》の土を摑み

大地に育つ命を頼んだ

未来は近づいている
―― Future Is Coming ――
若者の巣立ってゆく季
身を縮めて歩いていた高齢者に
日ごとふくらむ木蓮の蕾に
刻一刻
ほのぼのと
未来は近づいている
―― Future Is Coming ――

# コーヒーを飲む間の空

雲が流れてゆく
窓の上部には重苦しい灰色の雲があるが
下方には白い雲があって
その白い雲の中には
淡くオレンジがかった雲

さっきまで白く煙るように激しく降っていたのに
わずかな希望のようにひとところ開けた青空
コーヒーを啜りながら眺めている間にも

雲の姿はどんどん変わる

上方の灰色と白い雲はいつの間にか滲んで
下方の空と一つとなり
窓の中の空全体は灰色にすっかり閉ざされて
希望のようにひとところ開けていた
あの青空は消えた

希望のように思っていたことって
一体何だったのか？
改めて心の中をみつめる
全体が薄い灰色の幕のようになった空を見つめながら考える
希望って　何だろう？

ここまで大きな病気をしないで来られた幸せ
かけがえのない人を
一人また一人と見送ることができたのも
悲しい幸せ
自分のやりたいことを何とか実現しながら
一人で暮らしてゆける幸せ

後は終焉まで
これに似た生活を何とか続けながら生きて行けることが
希望……というより願い
あの雨雲の中に垣間見られた
わずかな青空のような願い

# 白銀の交響曲

目の片隅を暗いものが過る
見上げると鳥群れ
十羽か　十五羽か——鳥の種類は分からない
窓の右手より現れ前方の
常緑樹の木叢へ

次の鳥群れ
これも何鳥か分からないが前の群れと同種の鳥影
先の群れを追うように

前方の濃緑の樹冠に向かう

さらに三番手の鳥群れ
あそこは港区保存樹の樫の木叢
その樹冠に次々と吸いこまれてゆく

鳩だろうか?
どうやら鳩群れのようだ
鳥たちは葉むらの間で羽ばたいているのか
きらり　きらりと返す
白銀の光
灰色がかった翼と白い腹が緑の波間で翻る度ごとに返す日の光――
雲一つない昨夜の颱風一過の青空に反射するきららの光――
緑の樹冠の波間

さざめくような夢幻の光

昨夜の雨風を
小さな体でどうやって凌いだのか
今　戻ってきた平安に歓喜のダンス
無表情だった樫の老木の暗い緑のそここに飛び散る光の旋律
樹木と鳥群れの奏でる白銀の交響曲――
何もかも忘れて見入る

でも　その美しい交響曲は長くは続かなかった
その樹冠が気にいらなかったのか
一羽　二羽と
鳥影は緑の波間より飛びたつ
一羽は一羽の後を追うように――

飛び去る時の鳥たちは
来た時のように
編隊を組んでいない
黒い影となってばらばらと四方に飛び散る
濃緑の波間のきらめきは
ひとつずつ　ひとつずつ消え
やがていつもの輝きのない樫の緑にもどっていった

# 出羽秋景

## 湯殿山

独りしか行けない道の奥の
赤茶色の大きな磐座《いわくら》――
湯気のたつ温水が絶え間なくその岩肌をぬらぬらと流れ落ちる
山の谷間に降りそそぐ晩秋の午後の日射しに
巨大な岩の塊は

おのずから湧き出て流れ落ちる水にぬらぬらと光を放つ

みはるかす空の彼方は
端正に天指す常緑樹の稜線
谷あいに鎮座するむきだしの赤褐色の巨岩——
道の奥の大地の地熱の固まり
内部から滲み出て自ら流れ落ちる熱水
あるかなしかの風のまにま揺らめき昇る白い湯気
前に佇む現身《うつしみ》にゆわゆわゆわゆわと漂い寄る

岩に真向かい時間を忘れ
自分という存在をも忘れてひたすら
北の大地の暗く熱いエネルギーの前に佇立する

巨石のめぐりの空間に満ちる静寂
空には雲一つさえ動くこともなく
嵌め込まれたような稜線の木立のシルエット
おのずから湧き出ておのずから流れくだる無音の熱水――
北の大地の底から湧き出る暗く熱いエネルギーの前に佇む

## 黄葉　黄葉　黄葉

走行する車の両側は　黄葉　黄葉　黄葉
褐色の葉むらも　赤い紅葉もなく
ひたすら黄葉　黄葉　黄葉　黄葉

十一月も終わりの東北の里山を縫うように
走る車の両側は　黄葉　黄葉　黄葉　黄葉　黄葉

# 億年の風

チバニアンって一度見てみたい！
七十七万年前に地球の磁気の逆転のあった地層が見つかったのだって！
千葉県の養老川沿いの渓谷に……
「チバニアン」って言葉はラテン語で
「千葉の時代」という意味
来年ぐらいに認定されるだろうといわれる＊
もしそうなれば
日本の地名が初めて国際的な地質学の名称になる

私の本当の姓は「千葉」
小さい時この姓が好きでなかった
埼玉県に転校してきた時　男の子に
「千葉県　千葉県」と囃されたので
なんとなくトラウマに……

頼朝の御家人に千葉氏という豪族がいたが
室町時代以降　戦乱に敗れて海路東北へ……
仙台・石巻あたりに逃れたと聞く
確かに　そのあたりの地には多い「千葉」姓
また　武士の出自の名残をとどめて
菩提寺は禅宗の臨済派――

「みどりの日」の今日　チバニアンを見に行った

養老川まで下る
川水は冷たく　流れは思いのほか早い
黒味を帯びた岩石の地層に　はっきりと走る横筋は
御嶽山噴火の際に降り積もった堆積物の痕跡
水のしみでている岩肌に打ち付けられた
磁気の逆転を説明する緑・赤・黄の標識

チバニアンを見終えて登る坂道
新緑の谷から吹き起り
チバニアンの岩層に触れてきた風
ああ　億年の風！

＊「チバニアン期」として令和二年一月に認定されました。

# 河鹿鳴く川

夜空の下
山並みは黒々と屛風のように連なり
山裾を流れる川に沿って続く町並み
ところどころに立つ街灯に
影絵のように照らしだされる家々に
まばらに灯る窓の明かり

車も人影もない寝静まった町
細長く続く街道よりもさらに低く

漆黒の帯のように
川が流れる

右手からくる
ひときわ高い水音は
川床の段差を水が流れ落ちるためだろう

その川音にもめげず
闇の底より
揺り上げるように鳴く河鹿の声
呼び交わすというのでもなく
孤り呼ぶ

黒く連なる山稜の上は星月夜

ここに一つ　かしこに一つ
ひときわ強く光る星
深藍の瑞々しい六月の夜空に向かって
鳴く河鹿の声――

いいえ　それは
あてどなく遠い宇宙に向かって放つ呼び声
一人で生まれてきて一人で死んでゆく私の呼び声

みちのくの匂うような星月夜の下
なかなか来ない眠りを待っている私

# 微光の歳月

時を重ねるのはいいことのようだ――
生々しい感情がそぎおとされて
剝落の底からにじみ出る微光のようなもの――
空中の塵のように　そこに時折さす光の加減で見えてくるようなもの
人生の不変の真実の味のようなもの
そんな時は性善説が信じられる――？
人間に対する信頼が回復できる？

人と人との出会いの最初の瞬間に散った火花――

その後も意識の底にしまわれていて
ある時突然変異のように開花する　結実する
＋と－との引き合いだったかもしれぬ
＋と＋との弾きあいだったかもしれない
－と－との弾きあいだったかもしれないもの

おのずから滴り落ちる山の雫の一滴　一滴が
やがて集まり時の経過によって
おのずから流れだしてゆくように
私の生に次第　次第に結びあわされていったもの
私の生と違う軌跡を取っていったもの

暗闇に輝く小さな一つの星の光のような
はかない命の輝きが

明日という一日を生きる力になるように
やみくもにただ一日　一日を重ねてきた
――その無意識のいとなみの連続こそ
――多分　私という人生を作ってきたものなのだろう

時を重ねるのはいいことのようだ――
剝落の底からにじみ出る微光のような歳月

# Ⅱ

# スウィート　グラス

或る日突然アマゾンＵＫから届いた小包――
透明なセロハンの袋のなかに
一メートルぐらいの藁色の禾本科の草を三つ編みにした
スウィート　グラスが二束――
セロハン袋を少し破って鼻先に――
かすかに甘い野草の香り

イギリス　ノーウィッチに住む友の詩に
幾度も出てくるスウィート　グラス

――甘い香りを放つ草と思うが
日本の草々を思い浮かべても見当がつかない
多分メールで聞いたのだろう

あれこれ説明する代わりに
突然実物を送ってきた友
――まだ一度も会ったことのない友
でも　そのＴＡＮＫＡを通して　詩を通して　散文を通して
彼女の身体の状態や心情は隈なく知っていると思う友――

スウィート　グラスが或る日突然届いたのは
数年前のことだったか
或いはもっと以前のことだったか――
それ以来　私はセロハン袋に入ったスウィート　グラスの束を

ベッドと枕の間に挟んで毎夜寝ている
スウィート　グラスが届いたその日から
ずっと今でも――

彼女は看護師だった
娘が二人
だが　或る日の交通事故で両脚を切断
それ以後は　車椅子の生活
メールで送られてくる写真の彼女
明るくほほえんで前を向いている青い目――
とても障害に苦しみ
身体の不調に苦しんでいる人には見えない
この瞳でノーウッチの風物を見て作品化

今でもそのかすかな香りを失っていない
スウィート　グラス
彼女は最近あまり体調がすぐれないという
でも　精神は極めて健全
明るい微笑みを湛えた青い目
しっかりと前を向いている青い目
ノーウッチの草原を見　リスやコマドリを見つめる目

スウィート　グラスを取り出して鼻先に
いまでもかすかに
けれどしっかりとした確かな草の香
草の色も着いた時のまま
最近のコロナ騒ぎでアマゾンＵＫは日本への配送を中断
nogusa（野草）という彼女の詩集の届く日はいつなのか――

コロナの終焉する日はいつなのか――
私は今夜も
スウィート　グラスを頭上に置いて眠る

# イエーツの墓

にっぽんの詩人ならざるイエーツは涸井に一羽の鷹を栖ましめぬ
大き鷹井戸出でしときイエーツよ鷹の羽は古き井戸を蔽ひしや
葛原妙子歌集『鷹の井戸』より

「生にも死にも　醒めた眼差しを投げよ　騎馬の者　通り過ぎゆけ」*
とイエーツは言う——その墓碑銘に
東洋から漂い着いた旅人の私はたじろぐ

アイルランド　スライゴー郡の北部

ドラムクリフ村のはずれの上りの坂道
ケルトの丸い墓標の高々と立つ墓地の傍らに車を停め
教会の柵もない通用門より入る
ベンバルベン山に向かう方向の
一番とっつきのところにあるイエーツの墓
パリで客死したイエーツが死後二十年ほどを経て埋葬され直した墓
光沢のある青灰色の石灰岩の墓碑

アイルランドの気まぐれな空も今日は上機嫌
緑の木立の途切れた彼方
広く開けた視野の右手
真すぐに空を截るのは
イエーツの愛したテーブル・マウンテン　ベンバルベン山
茶褐色のテーブル・マウンテンをインドでいくつも見たけれど

緑のテーブル・マウンテンを見るのは始めて——

水平に空を截る緑の稜線
殆ど垂直な崖の襞なす連なり
規則的に折り畳んだ褶曲の連続

イエーツは眠る　水平に空截る緑の稜線を見ながら
イエーツは眠る　殆ど垂直に折り畳んだ褶曲の連続を見ながら
イエーツは眠る　緑のテーブル・マウンテンを見ながら
イエーツは眠る　生涯愛したベンバルベン山を見ながら

嘗て祖先が牧師をしていたという教会の墓地に帰って

「生にも死にも　醒めた眼差しを投げよ　旅人よ　去れ*」

短い時の間に
この景を心に刻みつけようと目を凝らしつつ祈る
後しばらくの猶予を我に――
我の知る『鷹の井戸』のイエーツよ

＊

Cast a cold Eye—
On Life, on Death
Horseman, pass by.

# 世界の定型詩を生んだ祖先たち

太平洋の西端
ユーラシア大陸に寄り添うような花綵《はなづな》列島を
磯波がレエスのように洗う

いつの頃からか分からないがこの島に流れ着いた人々は
たがいに混じりあい一つの民族として
日本語という一つの言語を形成した

第二次大戦で敗北するまで

海に守られ他民族の支配を受けることもなかった細長い列島――
北と南では様相は大分違うけれど
おおむね四季があり　気候は温和
住んでいる人々は「雪月花」を愛する
花といえば桜
一斉に咲き散り際は美しいことから
武士道とむすびついて称揚された
夏といえば蛍
秋の紅葉狩り
二音一拍四拍子という絶対的リズムをもつ日本語で
自然を詠い自然を讃えた心優しい私たちの祖先たち――
それらの美の典型は型をもち
歌枕や季語を核とする伝統的定型詩を生んだ

短歌あるいは和歌は千三百年以上の歴史をもち
短歌から派生した俳句も四、五百年以上の歴史をもつ
こうした長い歴史をもつ定型詩は世界でも例がない

俳句は今や世界のほとんどの国でつくられ
芭蕉は世界中の俳人たちの尊敬を集めている
短歌も英語圏だけでなく
フランス語ドイツ語中国語ルーマニア語などでつくられている
世界一小さい詩形の俳句
それよりやや長い短歌
それらは私たちの親　祖先からの大切な遺産

# 芭蕉

太平洋の西端
北から南に向かって弓なりの弧を描く日本列島
磯波がレエスのように洗う
おおむね気候温暖な
この列島に住みついた
私たちの祖先は
やがて一つの民族として混じりあい
一つの言語——倭言葉《やまと》を話すようになった

母音の延長や句と句の間の休止を含めた
五音の句と七音の句の繰り返しが
美しい調べを生むことに気づいた彼らは
やがて短歌（和歌）という定型詩を生み出す
人々はその詩形に
蜻蛉《あきつ》島山の妙なる自然を四季の移ろいを
恋や挽歌や羈旅の歌を詠い競いあった

やがて五七五の上の句と七七の下の句を
違う人が別々に詠み
その間の詩空間に生まれる情趣を味わうようになる
その詩形は連歌と呼ばれた

芭蕉は上の句の部分を独立させ

それに一つの詩としての位置を与えた
世界で一番小さな定型詩——俳句の誕生
芭蕉はその詩形に最高の詩を求めた

古池や蛙飛び込む水の音

蛙の鳴声に注目したのではなく
蛙が水に飛び込んだときの水音によって
逆に際立つ静寂を表現——
この句は俳句の新しい地平を拓《ひら》く

新しい美の発見のためには日常に安じなかった
旅に出て見慣れぬ風景や
地方の人々との新しい出会いを求め

句に詠み込むことに力を尽くす
そのための旅の苦しさを厭わなかった
すべては風雅の実のためだった
「松のことは松にならう」
すなわち自分を捨てて
対象と一つになることで描ききる――

それを理論より実作で示そうとした
旅の様子を書き記す紀行文には
その句の生まれた情景も描かれ
俳句と一体化した俳文の
『奥の細道』などの新しい文体を作った
彼の命はただそのためにだけあった

# 私は狩人

詩を書くことを忘れて過ごした日々
翻訳や事務的な処理に追われた日々
デスク・ワークを離れて
大自然の中を
一日に五、六キロずつも歩きまわっていた日々

日本にはない
サハラ砂漠の
この上ない清潔な白い砂に

足をズブリ　ズブリと踏み入れ踏み抜いて
どちらを向いても
うっすらと
あるかないかの地平線を見つめていた日々

寂しさの源は「ここ」というように
頭の上に広がっていた
雲一つない
ただ青いだけの空

忘れていたものもあり
何かのきっかけで思い出すものもあり
決して忘れられないものもあり
記憶という薄紙のページの

層になって重なる思い出

この後の余白の時間には
何を書きこんでゆこうか？
孤独の時間は　私の遊び場
自在に思考し
自在に書き
自在に夢想の火矢を射て
なんだかわからない獲物をうかがう
さすらう心の
私は狩人

# 一篇の詩を書きたいような朝

目覚めるといつの間にか窓は白んでいて
今日という日が生まれる
少しずつ明るさを増してゆく窓
何かわからないけれど
都市の建物の描くギザギザの地平線に湧く薄い雲のように
心の中に何かがふくらむ

平凡に迎える朝の
何気ない一日一日が積み重なってできた

今までの生
何も起こらないということの有り難さ
ＴＶのニュースは
地震や台風などの自然災害や
殺人や事故などを伝える
地球のどこかで必ず起こっている傷ましいもろもろ――
読んでいる本の次のページをくるように
朝よ　明けよ

小さく並ぶ活字の列のように
秩序におのずから叶った時間の経過はあって
今日という日の窓は暗んでゆく
それまでの時間を
あのことをやり　このことをかたづけ

刻まれてきた私の生
窓の中を動く雲の形を刻々に変えながら
窓の中の光度の刻々に変りながら
保たれている一日の平穏
そうして織りなされてゆく私という歴史——

そうした日々の心の照り翳りを見つめて
一篇の詩を書きたいような朝

# つぶやく言葉

詩が生まれない時は
事物の縁に沿って歩いてみよう
詩が生まれない時は
経験の縁に沿って歩いてみよう

小川の中で半ば沈んでいる木の枝の
小枝に煌めく日の条《すじ》に
そっと手をさしのべよう
一瞬もとどまることなく煌めいている

光を掬いとるかのように

詩が生まれない時は
窓の中の大空を見上げよう
一ひらの薄雲が
まるで刷毛で描いたようにぽっかりとかかり
そよいでいたのに
いつの間にか流れ去っている

雲の流れ去った後の
何の瑕瑾もない空を見上げた時の
とりとめもあらぬ寂しさ
在ったものの存在しなくなった後の虚ろ
自分とはなんの関わりのない物でありながら

存在したものが存在しなくなった後の寂しさ
その寂しさを掬い上げて
言葉にしてみる

詩が生まれなくなった時は
事物の縁に沿って歩いてみよう
詩が生まれなくなった時は
経験の縁に沿って歩いてみよう
私が私につぶやく言葉

# 遥かなるもの

海を見ていると
戦慄が走ることがある
海を海の上から見ている時に——
海を陸の上から見ている時には怖くないのに

砂漠にいると
海の上にいるような気分になる時がある
水が一滴もないのに
何故だろう?

どこまでも　どこまでも平らだからなのか――
どこまで歩いても
まだその先に地平線が
先へ　先へと遠のくからなのか――

何処まで行っても
先へ　先へと遠のく水平線
息の長い海のうねり
何処までも近づこうとしても
果てしもあらぬ砂の起伏の地平線
漠とした憧れのような不安のような私のうねり
あなたのうねりのような砂の起伏
太陽に燦然と煌めく無尽図の
水の飛沫と砂の粒子

遥かなディスタンスを旅してきた風を
胸の奥深く吸い込み
私は願う
私は祈る
何か確かなものに繋がっていたいと――
近づけばなおも遠のく遥かな水平線に
近づけばなおも遠のく遥かな地平線に

……いや……

新しい今日の私に昨日の私が潜んでいれば
それだけでいい

# 心ノ声ヲ聴ク

風ノ声ヲ聴ク
薄絹ノヨウナ曇リ空ニ
細ッソリトシタ上枝《ホツエ》ノ
細カナ緑ノ
葉叢ヲ揺ルガセテイル
風ノ声ヲ聴ク
低イ笹叢ヲ次ギ次ギニ撓メ吹キ渡ッテユク
風ノ声ヲ聴ク

雨ノ声ヲ聴ク
折リ重ナル山稜ニ
立チ籠メル叢雲カ霧ノヨウナ
雨ノ声ヲ聴ク
ツワブキノ
天ニ向ク円形ノ広葉ヲ
激シク叩ク
雨ノ声ヲ聴ク

心ノ声ヲ聴ク

# Ⅲ

# 都心に住むようになって

都心に住むようになってしばらく経った——
新しかったことも　もう新しくなくなった
郊外の一戸建てに住んでいた時には窓から見えていた
隣の二階家や樹木の幹は見えなくなって
今　六階の窓にそそりたつのは六本木ヒルズ
やや斜めの角度にグランドハイアットホテル
違う方向の窓には空を刺して立つ赤色白色の東京タワー
上層部が膨らんだ構造の茶色の元麻布ヒルズ
ミッドタウンの黒く輝くビル群などなど

空を限るのはいずれも人工の構造物ばかり

だが人は　屋上庭園を造りベランダには樹木を繁らせ
建築物の合間　合間には
区の保存樹の樫やヒマラヤ杉の樹冠の緑
江戸時代に移転してきたという寺苑の
枝垂れ桜や欅などなどの樹冠の緑
木で一番美しいと思う樹幹は見えないが
かわりに戸建ての住まいでは見ることのなかった
樹の上部の緑が見える

見える世界が違った
聞こえる世界も違った

都心に住むようになって減ったマイクの騒音
「ご家庭でご不要なものを買い取ります」などの声は聞かない
以前より静かな環境を手にいれることができた
都心に住むようになって減った飛行機の騒音
終戦直後はジョンソン・エア・ベース
返還後は航空自衛隊入間基地――
頭上通過の飛行機の騒音は日常茶飯事
けれど――一旦爆音から解放されてみると
なるほど戦時中をも思いださせる爆音だったと気づく
都心に住むようになりかえって静かになったというのは
何か不思議な気もするが
静かな空　静かな道
静かな都心の私の明け暮れ――
悪くはない

# 透明なガラスの向こう

リビングルームから見る遠く近くの
タワーの林
中でも三本の塔が並びたち
そのうちもっとも存在感のあるのが六本木ヒルズ
夜になると海抜二百五十メートルの塔を
ある幅をもった青い光の帯が上から下へ落下する「青い滝」
書斎の窓のほぼ中央には東京タワー
夜になると朱と黄色の交互に入り混じった照明で塔全体が燦然と輝く
その窓の右手ぎりぎりには元麻布ヒルズ

二年前までは地面の上の暮らしだった
樹木で一番美しいのは「幹」と庭木を眺めたものだった
中でも祖父の遺した柘植《つげ》の木の
くぐもった白銀色の幹が好きだった
今見ているのは木の樹冠ばかり――
長玄寺の枝垂れ桜のピンクの樹冠
欅の幹を見ることもなく鴉が出入りする空際の繁みを見つめる

ここは六階なのだからと
当たり前のようにエレベーターを呼んで地上に降り立つ
すこしゆくと海抜十二・六メートルの表示のある「いきいきプラザ」
麻布十番商店街を二足歩行で平面移動
エレベーターを呼んで地下六階の大江戸線に乗る

ボタン一つを押すだけで地上六階から地下六階まで垂直移動
なんでもないことのように思っているけれど
本当にそうなのだろうか？

地上で生活していた頃より
空がずっとずっと広い
窓の上部をゆく変幻無限の雲の表情——
ベランダには前の家の庭からもってきた
万年青や千両や黒竹などなどの鉢
その受け皿の水を飲みに雀がやってきて菊の新芽を啄む
でもパン屑はあげない
——ベランダは占有部分ではないのだから
ガラスをへだてて命あるものの動きを見ている
塔や木や雲を

透明なガラスをへだてて見ているように

# 真夜《まよ》の颱風

こんな光景は見たことがなかった

東に向く窓と
北に向く窓との交わる一隅に坐っていた時
ぐらっと一瞬
地震に似た振動

驚いて窓外を見ると
見えるはずの東京タワーが見えない

六本木ヒルズも
ほの白い流れの向こうに
ぼんやりとした輪郭となって浮かぶ

それでも六本木ヒルズの壁面
電飾の「青い滝」が
白い流れの切れ目にかすかに見え
「ああ　いつものよう」と
何か元気づけられる

雨は天から地に落下するのでなく
白い川のように右から左に流れている
底籠った風の音
テレヴィをつけると全局颱風情報——

今　関東に一番接近しているらしい

いつも赤い花の花園のように灯っている航空障害灯は
一つも見えない
確かにこの空を飛ぶ航空機はないだろう

ただ唸りを上げる
風の響きと
横に流れる
ほの白い雨の川

# わが窓の欅

あっと　声を呑んだ

私の窓の欅の冬木が
円形の切り口をさらしている
大枝を掃った跡の
天に向けてさらす七つ八つの傷跡——

私のこの窓のなかで一番高いのは東京タワー
次は右手の窓枠すれすれに見える元麻布ヒルズ——

ミスター・ゴーンのかつて住んでいたタワーマンション
その次に高いのが中央の暗緑のヒマラヤ杉

続く欅は今　冬木だけれど
毎年芽吹き
こんもりとした青い樹冠には
小鳥たちを住まわせ
寒さに向かう頃は
茶褐色に縮こまりながら
沢山の葉を地上に降らせた

欅は大きくなりすぎたのだろうか？
あまりに沢山の葉を落しすぎたのだろうか？

三月のまだ淡い光に
血を滲ませているかのように
うすらに赤い切り口を
天に向けてさらしている

今年はどんな芽吹きになるのだろう？
枝はどのくらいまで伸びるのだろう？
ヒマラヤ杉と同じくらいの高さまで枝をはることはできるのか？
切られた刺激がかえって急速な再生をもたらすのか？
今年の青葉は今までよりこぢんまりとした繁みになるのか？
鳥たちにねぐらを与えることはできるのか？
落葉の嵩は減るのだろうか？

欅よ

今年のわが窓の欅よ
うすらに赤い傷口をもつ欅よ
これからのお前を見守ろう

# 時間と空間

いつも何か中途半端であれもしたい　これもしたい——
でも　時間が足りない　選んでゆかなきゃ——
もっと能率よく仕事がしたい
死ぬまでの時間をカウント・ダウン
——その中で何を選び　なにに執着しつづけるのか

日本から出て　サンフランシスコに暮らしていた時
なんとなく日本が少し見えてきたように感じた
日本を知るには

日本の中にばかりいたのでは見えにくい
何かを知るには
その範疇の外に一歩踏み出して振り返らなければ……

ある空間から
他の空間への移動は可能
ある空間からの脱出は可能

けれど時間からは脱出できない
時間から脱出できるのは
それが過去へ向かう時は回顧という作用
――悔恨の疼きにつづる遡行の――その甘やかなディスタンス

それが未来へ向かう時は

イマジネーションの翼
捨象する　抽象化する――
そういう精神を羽ばたかせるために必要なのは
茫洋と果てしない空間

空間的移動は大切――
なぜって
物理的に時間を
移動することはできないのだから

# 青いつる草の夢

不思議な夢をみた
もう死んでしまった柴犬クマの夢

庭からまわして　犬を玄関に入れる
玄関は
農家の土間のようひろびろとしていて
クマは「お座り」をする
しばらくして
鳴き声もたてないで

妙に静かなので
見にゆく
途中の和室の壁に
斜めの日があたって
なんともいえない暖かさ

クマは土間に降りて　なにかもがいている様子
近づいてみると
頭にグレイぽい靴下のようなものをかぶって
しきりにそれをとろうとしている
青いつる草まで
まつわりついている
　靴下のようなものを
どうしてかぶれたのか……

不思議に思いながら
脱がしてやると
もう一枚同じものをかぶっている
それを脱がそうとしていて　目がさめた

昨日の明け方から　胃が変
腸もおかしく
かすかに悪寒までする
脱水しないようにしながら
居間で横になったまま
いつかまどろんでいた
蚕のように半透明になって
変な夢をみたのかもしれない

体が弱ったので
クマが会いにきたのかもしれなかった
いや　私がクマに会いにいったのだ　きっと

# 死の完成

幼馴染みが死んだ
最後に会ったのは
私たちにとってふるさとのような狭山市
もう一人のクラスメート　彼　私
三人でコーヒーと軽食をとった
「俺が払う」とおごってくれた
それが最後だった
いつもの穏やかさだった
病気の片鱗すらなかった

その時から一年経ったろうか
クリスマスから正月に向かう時期に発病
悪性リンパ腫とやらで
あっという間に逝ってしまったという
八十一年の生涯だから
まずまず男の平均寿命
とはいうものの健康優良児で表彰された彼が一番先に逝ってしまうとは

生きていた時には
その存在は普段殆ど意識にのぼらなかった
けれど死んだということを知ってからは
何かにつけ今まで意識の底に沈んでいたその姿が鮮明に在る
テレビのニュースを見ても
「ああ　彼はもうこのことを経験していないんだ」と思う

生存中思い出しもしなかった笑顔や声音が
幼い思い出の風景のなかに浮かぶ
まるで遠い過去が生き生きと帰ってきたよう
…………

けれどこうしたことは
多分しばらくの間
私の意識の中からその姿は
次第次第に薄れて行き
多分　深くて暗い忘却の層に沈み込んでゆくのだろう
そして本当に
死というものが完成するのだろう

# 祷り

「いよいよだめか」と思ったとき
人はなにを思うだろうか？　？　？

父は四十二歳で戦死
夫は六十六歳のときに肺炎で死亡
祖父母と母は老衰で　みな九十五歳を越えての死
冬になって草木が枯れる感じの死だった

昭和二十年七月十日

上海に結集し立川飛行場に向かった二機の軍用機
飛騨高山上空付近で
「東京地方に空襲警報」発令の報を傍受
信州松本飛行場に急遽着陸——
夕刻「空襲警報解除」の報に
松本飛行場から立川へ向け飛び立った
しかし突如雲間から現れた敵グラマン機に遭遇——
先発の機は無事に立川飛行場に着陸できたが
父の機は大菩薩峠付近にて遭難——
山が迫ったのか
敵グラマン機に撃墜されたのか
本土決戦にそなえて
外地より呼びもどされた十人が命運を共にした
「あなや」の瞬間

父はなにを思ったろうか？

死とはなんだろう
現世より一歩ふみ越えた
無感覚　無意識の異界——
一切が無

あれから七十余年
父よ
あなたの魂は鎮まっていますか？
私のことを見守っていてくださいますか？

霊魂が残っているとは思わないが
生きているものは

残されたものは
見守っていてほしいと思う
魂があるように死者に向かってものをいい
禱り　願い　誓ったりもする
霊魂が残っていないと知りながら……
なお禱る心の禱りの言葉

# 護国神社の蛇

街道沿いの護国神社の大鳥居は
なんの疑念ももたぬものの強さで
雲ひとつない青空に聳えたつ
鳥居をくぐってすこしゆくと　小さな白い道
その向こうには小川が流れていて白いコンクリートの橋
橋は真っ白に強い陽射しのなかで輝いている
橋を渡れば護国神社の境内

弟と二人　護国神社に向かっていた私は

橋の左側になにか黒い細長いものを見つけた――
近づいてみると小さな蛇――蛇は私たちが近づいても逃げようとしない
おそるおそるそれを見つめていた私たちは
やがて石を拾っては　それに目がけて投げ出した
それでも蛇はそこから動かない
石は当たるのもあり　当たらないのもあった
石が当たった時
蛇が身じろいだのか
それともだんだん動けなくなったのかは覚えていない

蛇のまわりにいくつもの小石が散らばった
蛇がいつまでも動かないので
私たちはやがてその遊びに飽きた
弟がどこからか小枝を拾ってきて

黒い紐のような蛇をすくいあげて川に投げ込んだ

蛇はたちまち流されたのか——それきり見えなくなった

夕方祖母に話すと「蛇は七生というからきっと生き返ったよ」といった

その後のことだったろうか——それともその前のことであったかは定かではない——

夜中にふいに「お父さんが死んじゃった——」と私は泣き出した

その頃祖父は東京から

「父が大菩薩峠付近で　飛行機事故のため戦死した」という情報をもってきた

その後も長く私は「飛行機事故だったから　父は即死した」と思いこんでいた

けれどもあるとき
「父は大怪我をして死ぬまでに時間があったのかもしれなかった」と不意に閃く——
護国神社の蛇が急によみがえる——父は巳年の生まれ　四十二歳の死であった

私と弟が石を投げて殺してしまった護国神社の白い橋の上の蛇——
瀕死の父の魂の化身だったかもしれなかった小さな黒い蛇——

幼い子供の心にもある残酷さが　人の心にある限り
この世の諍いや戦争はなくならないのであろうか

# 木・林・森の詩

物心ついた家には
私や弟が「もり」といって遊んでいた一郭があった
棕櫚　樫　柘植　楓　桜　松……
いろいろな木が雑多に植えてあった
その中で王者のような樫の木があった
子供が飛びついてとどくところに
横に張り出た枝があり
それを手掛かりに弟と二人　よくその木に登った
緋色の美しい木の葉を「宝物」として

その木の枝分かれした窪みに隠したりもして遊んだ
また椿の木が並んで幾本も植えてあるところもあって
その差し交わした枝の下の空間に潜って
「お家ごっこ」をして遊んだことも……
地に散り敷いた赤やピンクの椿の落花は
ひんやりと美しい褥《しとね》のよう――
誰に教えられたのでもない子供の遊び
人は本能的に木々の生えたところに
シェルターを求めるのだろうか

戦後まもなく住んだ雑木林の中の家――
ところどころ常緑の針葉樹がまばらに交じっていたが
多くは秋になると黄葉となり紅葉となる木
春の芽吹き

新緑の林を吹きわたる風
盛夏の緑蔭
一葉もない冬木の林の簡明さ
ゆるやかに起伏する大地に畑と林の入り混じる風景は
武蔵野の美しさを最もよくあらわしていた

今住む港区にも神社や寺を囲む木立がわずかに残っている
日本の原風景の鎮守の森の跡をとどめて――
初詣　お宮参り　七五三の神社の背後にある森
古代　人は森に住んでいた
森には水があって　ねぐらがあって　食べ物もあった
木霊《こだま》が住み「カミ」が住んでいた
森から出て我々の祖先は文明をつくった
「林」より「木」が一つ多い「森」という字――

林と森との違いは定かではないが
平野部の人の手で植えられた木々の集合体を林
山岳部の自然にできた木々の集合体を森
——となんとなく感じている
屋久島の島人たちは
「山」のことを「もり」または「岳《たけ》」と呼ぶ
屋久島の森を歩いた
白神山地のブナ森を歩いた
どちらも明るい森であった
『ヘンゼルとグレーテル』の童話や
北欧の妖精たちの住む暗い森ではなかった
屋久島のほぼ中心にある縄文杉に会いにいった
夜の明けないうちから懐中電灯の光をたよりに

トロッコ道を歩きつづけ
正午頃縄文杉にまみえた後も
休息もそこそこに　すぐに下山をはじめ
山が夕闇に沈む頃　ようやく麓にたどりついた

## 「縄文杉」に捧げる詩

「縄文杉」「縄文杉」と心のうちに唱えながら
歩き続けてきて今ようやく仰ぐ――その杉
――縄文杉は樹齢七千二百年という説もあるが――
縄文杉の樹齢の論議など知らないが

冬の日ざしに照り映えて七千二百余年の神々しい幹
真直ぐに立つから「杉」という名をもつと聞くが
七千年余りを生きてきた縄文杉の
瘤　瘤の幹の激しさ——
老杉は山の奥深く自分の瘤を頑なに守りながら立っている

目のごとくにも思えるその瘤で
長命の森の知恵者は　じっと私を見ている
いろいろの着生植物を抱き抱えながら立つ
縄文杉は山の太母《おおはは》——
その瘤　瘤の太い幹の内側には滾々と
着生の草木を養う樹液がめぐっているのだろう

縄文杉の傍に立ち

死を知らぬ森の大樹の音を聴こう
老木の言葉を聞こうと
雪解け水にぬかるむ地の凹《くぼみ》に立ちつくす

深く沈黙する縄文杉の幹は濡れて
浮き上がる太い幹の紋様はまるで
内部の樹液の奔流を映しているかのよう……

岳《たけ》の静寂を集めて立っている縄文杉の
かすか揺るがす私の言霊《ことだま》——
夕ぐれは縄文杉の瞑想のはじまる時刻とつつしむ

縄文杉に会うために
ひたすら歩いたその時間と距離

東シナ海と太平洋とに青海原を分かちつつ
青くらげのように
今にも浮遊しはじめそうな屋久島の中心――
宇宙的な自然のほの暗い広がりの中
途方もない命をつないで立つ老杉の美しさ　懐かしさ

森では同じ種類の植物が広い区域を占拠して繁茂しない
多様な植物の　多様な枝が　多様な葉むらが
森を住み家とする風の流れの中で織りなす
多様なダイアローグ――
異種の植物が寄り集まり
絶えず変化する
その鬱蒼の混沌《カオス》

一本の木は空に向かって枝という手を伸ばし
大気の中で揺らぎつつ
その地中の枝ともいうべき根をしずかに沈ませる
木々の樹冠の葉むらはそよぎつつ
陽の光をくゆらす
自分の時間をつれて森の中をゆく時
思わず息をのむ地上に露出する根の盛り上がり
屈曲した根の塊の実存感

森の木草には　霊が宿っているようなかすかな震え
森の奥処《おくど》には　鳥声もなく
倒木の箇所から　ほっかりと見あげる空の遥けさ
森のどこからか聞こえてくる水の
かすかな　またとうとうとした響き

日本列島の背骨をなす山脈を蔽う森と林
古代　人は森に住んでいた
森には水があって　ねぐらがあって　食べ物もあった
木霊が住み「カミ」が住んでいた
森から出て　我々の祖先は文明をつくった

ヨーロッパの中部から北部にかけて広がる黒い森は
かつてゲルマン人たちをローマ軍から守った
東南アジアにひろがる熱帯雨林は
ベトナム人たちのある意味でのシェルターになった

森から出て文明をつくった我々は今
大都市というビルの森の中で生活している
六階の私の窓は　欅の樹冠の高さ

緑の葉が茂るとその中に鳥たちが吸い込まれてゆく
窓の外を飛ぶ鴉の声が近々と聞こえる
寺苑の枝垂れ桜は
樹冠を見下してのお花見――という変な生活感

昔「沢」という字《あざ》のところに住んでいた頃
その集落の一番小高いところに寺があって
裏山には　たびたびの落雷に
幹と枝だけになった一本杉があった
「沢の一本杉」はどこからでも見え　目印になっていた
わが窓の東京タワーもどこか　あの「一本杉」に似ている

ある冬の日ぐれ
年老いた犬が線路をわたり　蜜柑山の方へゆくのを見た

それきり　その犬は
ふたたび戻ってこなかった
集落の人たちは　死ぬために山に入っていったと噂した
古代人たちも死を悟ると森へかえっていったという
森には人々の原郷のような懐かしさがあるのかもしれない

港区の保存樹に会う
黄落の時　銀杏大樹の周りに散り敷いた落葉を踏めば
足音は　歴史の語り部のよう
冬の銀杏は　尖った枝先を天に向けた寂寞の木
すべなく立ちつくす時間の木
時間をかけて生きることを　そっと伝える木
少し春めいた夕べの空が　遠くから藍色を深め

枝という枝の先に　薄衣《うすぎぬ》のような余光をひろげる時
年古る木の枝がかすかに撓い　触れあって
木霊のような不思議なささめきを聞かせる
大都市に命をつなぐ木からの言葉

## あとがき

詩集をまとめようとして、今回は途方に暮れました。いつもより詩篇の数が多かったことと、それまでは比較的同じような長さの詩を書いていたのに、短詩や長い詩を書き始めていたので、それらをどのようにうまく配置しながらまとめたらいいのか、見当がつかなかったためと思われます。

詩篇が多かったことは「竜骨」「漪」「白亜紀」という三つの詩誌に所属するようになっていたこと、千葉県の「詩話会」に入会させていただいたことによると思います。そのご縁で「千葉県詩人クラブ」にも入会させていただき、次第に広がっていった各々の会から、知らず知らず刺激を受けることができるようになったお蔭と心から感謝しております。

そうした私の詩群から詩を拾い上げ、三つの範疇に分けて編集してくださいました土曜美術社出版販売社主の高木祐子様はじめ、編集部の皆様に心から感謝申し上げます。また、趣のある装丁をしてくださいました高島鯉水子様に心からお礼を申し上げます。

二〇二一年九月

結城　文

著者略歴

結城　文（ゆうき・あや）

東京生まれ

「竜骨」「漪」「白亜紀」同人

詩と短歌による組詩集『できるすべて』二〇〇六年（砂子屋書房）

詩集　『紙霊』二〇一〇年（北溟社）

『花鎮め歌』二〇一二年（コールサック社）

『夢の鎌』二〇一四年（土曜美術社出版販売）

『ミューズの微笑―ヨーロッパ点描―』二〇一九年（東方社）

『結城文　日英対訳詩集抄』二〇一九年（文芸社）

現住所　〒一〇六―〇〇四六　東京都港区元麻布二―五―七―六〇一

詩集　透明《とうめい》なガラスの向《む》こう

発行　二〇二一年十一月三十日

著者　結城 文
装丁　高島鯉水子
発行者　高木祐子
発行所　土曜美術社出版販売
〒162-0813　東京都新宿区東五軒町三—一〇
電話　〇三—五二二九—〇七三〇
FAX　〇三—五二二九—〇七三二
振替　〇〇一六〇—九—七五六九〇九
印刷・製本　モリモト印刷
ISBN978-4-8120-2657-1　C0092